大和くにはら

Kotani Minoru

小谷稔歌集

青磁社

衾道乎
引手乃山尓
妹乎置而
山徑往者
生跡毛無
柿本人麻呂

大和くにはら＊目次

平成二十八年（二〇一六年）

小谷稔最終歌集

大和くにはら

平成二十八年（二〇一六年）

西近江にて

十二単衣の姿おだしき式部像筆執りし時の苦悶を偲ぶ

石山に秋の半ばの光澄みのしかかりくる巨岩を仰ぐ

義仲寺の芭蕉の花に奇しく逢ふ花梗垂れて尺を超えたり

一すぢの蔦のぼりたる芭蕉塚木曽殿の塚の奥にひそけし

み社の木深き森に炎立ち競技かるたの古きを燃やす

藤村の若き日籠りし密蔵院囲む林の黄葉する前

備中鍬

わが甘藷に初めてあやしく花咲きぬ徐ろにこの星も病むのか

やや伸びし豌豆の芽に藁垂らす代々受け継ぎし技のやさしく

故郷の名持てばなじみの備中鍬わが手力の衰へ知るや

父母の知らぬ悲しみ稲やめし故里は初めて注連縄を買ふ

幼き日の干柿三つの年玉のなつかしきかな老いてますます

山育ちの吾を知りてか宅配の五顆のアケビのにほふ紫

夜の部屋に香りの高き花梨の実酒に浸さむ病む喉のため

奈良のわが家を見に遠く来し母と芹を摘みしも遠き思ひ出

遠く来し母を伴ひ野蒜摘みき近くに畑も畦道もありき

奈良のわが家を見に来し農の母まづ言ひき庭に柿を植ゑよと

木刀を振る授業ありきクヌギにて父の削りし手造りなりき

動員中の学徒のわれにトマトなど提げ来し父よ遠き汽車にて

戦後すぐ病みたる父は病みつつも冬越しの諸の穴を掘りゐき

わが集落に初めて引きし電灯の光は死に近き父を照らしき

寒の水われに浴びせし父のごと厳しき冬をひそかに待てり

植物園の稲穂に触るるさへ辛しわがふるさとはなべて放棄田

奥明日香の果てなる峡に村残り川を挟みて田はみな荒れぬ

十五歳の生徒

十五歳の生徒の君と六十年へだてし再会歌につながる

出生の傷みに悩み遣りどなき心のゆゑか歌にすがるは

制帽を被らず遅刻多かりしかくまでなぜに君抗ひし

吾も在りし東京に君の夜学せし孤独なる日も知らず過ぎにき

酒飲めぬ体質ゆゑに口にせぬ悩みに堪へて身を保ちしか

その母と中国に帰しし君の子は日本の言葉忘れゆくらし

糸瓜

妻君を介護の合間に友の作りし糸瓜の束子白く柔らか

左側の声帯のなき喉のため惜しみつつ飲むこの糸瓜水

髭剃りのあとに使ふは勿体なし糸瓜の雫君の溜めしを

来む春にわれも育てて君に倣ひ糸瓜水また束子を採らむ

泥に二月糸瓜漬けるは過去のこと君の束子の製法は如何に

常臥の子規は知らざらむ泡を立て糸瓜にて肌を洗ふ感触

野牡丹の花年越えてなほ咲けばいたいたしくも紫保つ

わが生れし命と呼応する貝母二月はじめにひしめきて萌ゆ

やまと歌壇にわが若き日の生徒ひとりわが名を見つけ歌をはじめぬ

花水木梅の紅白それぞれに寒肥埋めて春来るを待つ

朝庭に降り立つ吾に笑みかけてさ緑ひらく蕗の薹らは

声帯

動脈瘤も腎の石も暴れることなかれ八十八の吾の道づれ

動脈瘤径三センチは憂ひなしとわびし病ひの知識増ゆるは

われの癌おとなしくして血液検査月一度より今四月に一度

左側の声帯死にて受け継ぎし父よりの声惨めに濁る

歌会にて同席の友の名を忘る人には言はぬ吾のおとろへ

老いしるきわが紅梅のこの春も命しぼりて花をかかげる

梅に次ぎはやくも次の花を待つこの移り気の老いてますます

滅び近き故郷より来し路の薹二十を超えて庭につぎつぎ

親しまぬ通信販売のカタログも花の特集はメモしつつ見る

年度末といふ感覚もはやく失せ梅散りし枝の剪定をする

咲き垂るる数限りなき白珠のにほふ馬酔木の大木仰ぐ

秋篠の田

団地占めすでに用なき溜池の春来れば春の光るさざなみ

田一枚残り種漬け花の咲くこの風景の来む春もあれ

稲田消え貸農園に区切られて防霜ネット白く並べり

寺の裏に草の道あり行く者は畑仕事の人とわれのみ

閉校の工業高校のグラウンドの奥深き闇のほとりに下車す

このグラウンドにて町内会の運動会をせし日のありき皆若かりき

熊本地震

水を求むる長き長き列の映像のまたも甦る眠らむとして

豌豆の実を摘むいまの現にも地下には不気味に地層軋むか

活断層の動き知らねばわが部屋の崩るる本に埋まる日あらむ

常にそばに置きて安らぐ孫の手も激しき地震に遭はば芥か

余震つづく肥後の映像に耐へられず庭藤の花にすべもなく寄る

藤の散り山吹咲けど肥後の余震治まらず八百七十回超ゆ

余震続く映像を消し出でし夜の道にも浮かぶ瓦礫の残像

早く枯れし庭のミツマタとゆづり葉と縁はかなく歌にせしのみ

狭心症の息切れに気づきしかの坂の藤も散りしか二十年過ぐ

死ぬ日まで服《の》めと四種のこの薬呆けずいつまで粒の数《よ》めるや

めぐる血を扶くる薬ありがたしカタカナの名の覚え切れねど

良性といへど頭の頂きの腫瘍の重き意識の去らず

モミジイチゴの苗取り寄せぬふるさとの谷に清らに黄に熟れをらむ

二本のアカンサス咲きてゐし家も今日見れば更地に売り札の立つ

ふるさとの田はみな荒れぬ通ひ路の秋篠の田よ早苗を見せよ

巻向に掘りし擬宝珠の一皿は文明先生に倣ひたる味

鉄削る友

挿し木にて根付きし若葉のあけび苗鉄削る若き友よりもらふ

牛蛙を釣りて捌きて食ふ彼もわれのわづかな若き友なり

老残を詠みあふ中にひとり混じる若きは鉄削る職を失ふ

湯に浸り安らぎゐるに壁面の装置は止まず時を示せり

ビル陰の茶房の庭に群竹の老いし幹ありわが目とどまる

群竹の中に一際白じろと老いて茶房のガラス戸の外

痙攣に覚めて声立てもがきしにいつ知らずあはれ眠りたるらし

すべもなく風邪薬のみてみづからに眠りを強ひぬ独りの夜更け

下校する児らに付き添ひ親しめば「虫博士」枯葉に何か見つけぬ

電車にて独りうろたふ紫雲英の英の一字がなぜか浮かばず

えごの花の垂れ咲く奥に平城《なら》の代の氷室の跡の窪み残れり

ふるさとの星明り

星空の下にて肉を焼く集ひはらから揃ふ稀なる宴

囲炉裏ありし頃の薪の軒下に残るを燃やす庭の宴に

はらからの六人揃ひよく語りよく箸うごくふるさとの夜を

父母のみ霊兄のみ霊のひそやかに集ふか今宵ふるさとの盆

はらからの宴に近き盆棚に父母のみ霊もともに楽しめ

筧より庭池に落つる山水の音も少年の頃と変らず

谷々のなべて棚田の荒れ果てし沢ザコ南ザコその名忘れず

塩鰯に馴れたる母は早苗田に捕りしウナギを口にせざりき

学寮のわれに代はりて農を助けし弟は早く歯の衰へぬ

減反も放棄せし田も父は知らず若く逝きたり戦後二年目

父の声を受け継ぎゐしに喉病みて右の声帯のみに縋れり

村の看護婦に注射乞ひにき終戦後の父になし得しせめての医療

庭の宴終へて見上ぐる北空の竜座は跳ねる形ゆたけし

残りたる三軒の夜の音もなし車二台に星明りして

街路灯なきふるさとの満天の星空を見に帰る日ありや

ふるさとの筧の水の透きとほるボトルの二つ家苞《いへづと》にせむ

峡の棚田畦もとどめず野と荒れし哀しみ抱き街に帰らむ

ふるさとより送られて来しこの清水われの身深く沁みとほりゆく

農の裔

豌豆の一株残し種を採る農の裔《すゑ》なるこころ残りて

街なかの田になみなみと水張られ苗挿すまへの浄き静まり

豌豆の二畝そら豆の一畝のその中にゐてわれ機嫌よし

菜園に自転車をやめ路線バスに素直に今は乗りてわがゆく

ふるさとの山田棚田のみな荒れし哀しみ持ちて老いてゆくのみ

農の裔なる劣等感が自負となり移ろひやまぬ世に距離を置く

山奥の農に育ちて村を離れわれに竹馬の友なき不幸

植うる田の水のにほひも手に持てる苗のにほひも今に記憶す

今思へば自給自足の食ゆゑか欠ける歯もなく齢重ねる

小学期「農繁休暇」といふがありき村の活気は子ら支へしか

街はづれに残る早苗田に浮草の限りも知らず覆ふさみどり

ふるさとより掘り来て植ゑし庭の蕗採るも茹でるも妻の手借りず

ふるさとの里山の春を移し来しミツバツツジの高々と咲く

幼き日われの綽名は「餅」なりき誰が付けしかその名を愛す

ふるさとの早苗田に蛍の乱舞する想ひ出も眠る前のしばらく

安麻呂茶といふ茶もいつか聞かずなり村は茶山の清きさみどり

老いの知恵

人参も葱も覆ひて梅雨に荒るる草は老いたる吾を嗤ふか

走り根のごとく静脈浮ける手の甲のつくづく老いのあらはに

左側の声帯のなき喉ながら人に語りぬ物言ひたくて

先生の耳の歎きの作追へばわれよりも早く衰へましぬ

この耳も足もいつまで達者なるか月に出る会十指に近し

歌の会の帰りの道に癌のことも告げて医の友あるは安けし

施設にて病めど短歌会の名簿には乞ひてその名を残す幾人

妻君の介護に暇なき君の丹波より糸瓜の苗持ちくれぬ

あけびの蔓日差しさへぎる下蔭の湿りに糸瓜の苗を植ゑたり

君くれし糸瓜の種を蒔きてより我が庭親し闇を隔てて

亡き父母を偲ぶ縁《よすが》のミソハギの華やかに咲き梅雨の明けたり

水欲しと思ふ暑さに庭の木も渇きをらむと水遣りに立つ

朝夕に鉢にすがすが水を遣るこの心地よさ吾にいつまで

夜明けまへの涼しき時に机にてもの書く知恵も老いて知りたり

古りし筆

毛筆のしなやかさ好みボールペンを厭ふは腕の衰へならむ

衰へをわが知りてよりボールペンの文字薄き歌稿にいらいらとせず

世に遅るるしるしの如く机には筆立てに古りし筆十四五本

薬四種受け取る日にて十数年吾を縛れり二十八日

職業も「先生」と言はれ歌の会も「先生」と言はれああ先生か

明治期に小学卒へしわが父の文字を尊ぶ写真の墓碑に

八月は菜園に採るもの乏し暑さに負くるは人のみにあらず

菜園にともにいそしむわれら三人二十年経てみな病ひ持つ

わが鉢に冬を越えたる野牡丹の初花咲きて八月の尽く

妻病む

かにかくに共に老いつつ妻の受診に初めて付き添ふ耳遠ければ

肝臓の検査数値を妻と互ひに気遣ふ日など予想せざりき

無理をして肥料を五千円以上買ひ吾も無料の配達に縋る

畑隅の一坪小屋もわれと共に二十年超ゆ壁破れつつ

菜園にいそしみていつか二十年地主も逝きて若き二代目

膝を病む友の分をも白菜の種を蒔きたり早生と晩生と

三度豆の名を持つ隠元を三度蒔かむ希ひ果たさずいたづらに過ぐ

初夏に植ゑし野菜は枯れゆきて蔓ムラサキのみ逞しく這ふ

ごみ棄ての区画は冬瓜のほしいまま茂りて青き実二十ごろごろ

紙にわが質問書きて耳遠き妻の眼に知る待合室に

台風の雨に濡れつつ帰り来しその日より妻に熱の出でたり

月に一度来る置き薬屋の講釈を妻とならびて神妙に聞く

薬屋の薬とともに置きゆきしパンフレットも丁寧に読む

わが勤めし校舎の壁に秋日澄み隣る病棟に妻を見に来ぬ

病室の窓遠く畝傍の山の暮れ運ばれし膳には梨の添へらる

平成二十九年（二〇一七年）

甘藷の花

夏野菜みな枯れゆきて緑濃き蔓ムラサキに皿のゆたけし

若き友は職探しつつ時折は山に茸を採りて慰む

法被着て月に一度来る薬屋の明日香に住むと言へば親しむ

薬屋の檜隈川に近く住めば万葉の歌と重ねつつ対ふ

明日香より月ごとに来る薬屋も定年となり退職を告ぐ

音立てて硬き柿食ふ老いつつも欠くることなき歯をよろこびて

四車線の照明わが家の夜を照らし馭者座のカペラ見ずに過ぎゆく

電灯のなき集落にわが育ち満天の星今も忘れず

掘りてすぐ洗ひし藷の秋深き畑に明るし鳴門金時

さつま藷のひげ根とりつつ畝に座り汗ばむことなきよき日和なり

さつま藷をバケツの水に洗ひつつ溜れる泥は畑にもどす

町内の卓球仲間にさつま藷を妻配りゆく病の癒えて

ただ太る「オキナワ」といふ名のさつま藷戦時の供出用に作りき

甘藷にも温暖化見ゆ奈良のわが畑に花咲きし二〇一六年

声を惜しむ

胸部動脈瘤の肥大は思わぬ病を併発して左の声帯を支配している反回神経を死滅させた。声の使えない約半年、私は奈良の仏たちを、大和国原の夏から冬に近づく垣山や田園や空を沈黙のうちに心に深く見詰めてきた。

声帯の癒えて退院したる日の声を惜しみて黙しつづくる

自力とははかなきものかわが喉はメスの下にて保ち得しもの

はばかりのなく鳴く鹿よわが声は訴ふるなき独りの言葉

丹後半島・伊根など

石畳白く秋澄む広前に椎の実拾ふ丹後路の果て

奥丹後の古き社を離れ来て枇杷の蕾のひそかなる道

舟屋より桟橋に出づれば湾へだて小学校の放送聞こゆ

岬山より広く見下ろす伊根湾は青き島一つ抱きてきらめく

海の無き大和を出でて目にまぶし伊根湾照らす秋逝くひかり

吉野喜佐谷

信州の友らと下る喜佐の谷わななく足を石道は知る

山の村に育ちて坂の親しきに足油断してああ石車

杉暗き谷の平らにハンモック木に渡しあり夏涼みけむ

ほとばしる滝仰がむと崖を下る友の足若しわが目の下に

支流二つ落ち合ふところ空開け喜佐谷の小さき村に下りぬ

象川《きさ》に沿ひたる村を下りゆき人間を見ず田に稲を見ず

富士見の雪・茂吉を偲ぶ

車窓近く墓原せまり冬枯れの日当たる木曽の峡を過ぎゆく

墓群の車窓に迫るところ過ぎ冬日あかるき信濃路をゆく

洋行まへ茂吉先生脚気の身養ひたまひきここ富士見にて

小松氏は雪に馴れゐて雪深き園に大股に進みゆきたり

信濃路の富士見の宿のあかつきに覚むれば天地清浄の雪

一夜寝て満目の積む雪に遇ふ富士見の朝世の音のなく

離れ座敷にゆく道の雪掻き除けてわれらの訪ふを待ちくだされき

先生が脚気を病みて糠を煮しそのいとなみを庭にかなしむ

アララギの生垣に今朝の雪つもりかつてのみ歌ここに生まれき

糠を煮る歌の残りて先生のこもりし座敷は積む雪の中

雪に濡れし長靴をその土間に脱ぎつつしみて古りし畳に上がる

欄間には陸軍兵卒の写真あり茂吉先生の知らぬ戦死者

貝母の芽

豌豆の柔らかき芽に藁垂らし吾が菜園の冬支度する

新しき年の企てならぬまま時雨に冷ゆる夜半にまだ寝ず

おのが身を労はることもなく老いて年の初めをしばしくつろぐ

西のかた二上の双つ峰《ね》並ぶ見て今年の初めの会に向ひぬ

故里をしのぶよすがのミソハギも群れて枯れたり菜園脇に

冬越すと畑に埋めてゆく大根膾《なます》風呂吹き老いのなぐさに

菜園に庭の落葉を自転車に運び運びてこの年もゆく

畑に置く落葉は防寒防草用朽ちては有機のよき肥やしなり

アルカリはアラビア語にて灰なりと迂闊にも九十歳近く知りたり

畑の草は穴掘りて畑に埋めもどす農に生まれて今保つ知恵

玉葱の間に深々と落葉敷くその感触も音もやさしく

わが庭に梅ほころぶとビル街をゆきつつ心よぎる束の間

いちはやく群がり萌ゆる貝母の芽おまへも吾もきさらぎ生まれ

紅梅の三本それぞれ順に咲きわれの余生のなぐさめとなる

塀越えて道にしだるる紅梅と吾と年々老いを競ふか

意欲あれど耳遠きゆゑ歌の会を退く人のこの月もまた

会に出よと励ますも徒《あだ》か駅に降りおのが家路に迷ふ思へば

長生きはめでたけれども隣の人に聞きただす声はやはり迷惑

鍬をしまふ小屋に高きより灯を放つ電機量販店も遂に閉ぢたり

畑の友病む

自転車にて畑に通ふも四十年か六十坪を離れずわれ八十九

弁当を携へて畑に日もすがら総身に受く春めく陽ざし

紅梅の盛りを年々写しきてその衰へをわれに重ぬる

電車にて若きらを見るわれの眼の今もなほ教師の習性残す

三月のわが仕事なる草餅のよもぎを摘まむ暇はいつか

車をやめ足なへぐ友はジャガイモを植うるなく春に菜園やめぬ

菜園をやめたる友の残したる緑のネットに豌豆囲ふ

病む友の畑に伸びゆく豌豆に高く二段目の蔓垂らしやる

冬越しし葱に蕾のわづか見え友はこの畑を病みて諦む

農小屋に履き棄てし友の泥の靴わが耄碌の日を思はしむ

菜園を病みて止めたる友の残す石灰を撒く風絶えし間に

男爵もメークインも連作を避けし畝石灰白じろと撒きて並べり

菜園の友足弱りその蒔きし豌豆実るを採るもかなはず

菜園の友も来ずなり杖に頼り磐之媛陵まで日々歩むとぞ

蕗の薹きざみし味噌もなくなりて名残を惜しみ三月の逝く

吾が領分

蓬摘み草餅つくるはわが領分妻の居れども譲ることなし

今年奈良の桜の花の遅きこと安らぎとなり老いの日々過ぐ

ふるさとの山辺に咲きし三つ葉つつじ添ふ面影のをとめいづこに

好きな歌のためとは言へどあこがれて吾の目指さむ生涯現役

川の三つ並びて西に流るるを見下ろして螺旋階段くだる

砂州多き二川の間を宇治川は岸の若葉を浸さむばかり

河川敷の駐車場夕べ閉ぢたれば吾も木津川の岸を立ち去る

草苺の花昏れがたを青年の横笛吹きつつ川堤ゆく

老いの身をかく自転車に乗り得しとみづからのため写真に残す

白き根のかすかに兆す藷の苗植ゑて安らぐ農の子われは

種蒔きて菜園の友病み臥せばその初採りの豌豆送る

春ふけて庭にいきほふ草に対ひ怯む思ひの二たび三たび

朝々を苺を摘みにゆく幸よそのくれなゐが吾を待ちゐる

二十分通ひて朝を苺摘む今さへ恋しき思ひ出とならむ

足なへぐ友よふたたび鍬を持てホトケノザ咲きはびこりやまず

足なへぎつひに菜園をやめし友相いそしみし四十年か

吉野より掘り来し貝母も山吹も次々咲きて春も逝きたり

森川幸代歌集『鳥越峠』のために

『月出峠』に次ぎて成りたる『鳥越峠』ふたつ峠を越えしよろこび

歌と絵と具象尊び相競ふ二人の篤き絆うるはし

湖北離れ近江国分寺跡に住みみ子み孫らと睦むしあはせ

祖母より母より承けし歌ごころ三つの世代を清くつらぬく

折々は幻住庵の椎の杜遠く眺むる君をうらやむ

椋鳥の雛

老といふ言葉を抵抗なく用ふかかる心境に遂になりしか

咲き揃ふつつじの花のたちまちに萎へて醜く一木をおほふ

考へのゆきづまるとき庭に出て若葉まぶしみ梅の実をもぐ

奥明日香の谷を照らせる山吹を掘りきて庭に年々栄ゆ

空梅雨のごとき日照りの五六日畑の草引き一気に枯らす

戸袋に椋鳥の雛孵りたりわが家に育つ命今年も

朝のバスに乗り込むは皆通勤者タマネギ提げて吾は畑より

タマネギを収め馬鈴薯にとりかかる遊びの農も老いを急がす

わが畑との境に防音幕めぐらせて電機量販店毀ちはじめぬ

越前の友の情けの里芋より何代の裔か巻芽のほぐる

落葉覆ひ藁をかぶせて里芋を赤子守るごと冬を凌ぎぬ

えごの木を植ゑむと思ふもその花の時の過ぐればいつしか忘る

庭三坪一本も草をとどめずとひとり意気込む梅雨の晴れ間を

活字にも拒まるる眼か食卓に机に寝間にレンズを置けり

薬屋旅館

南淵の山の尾根ゆき兎の糞親しく見しは還暦まへか

月冴ゆる冬のある夜思ひ立ち電車に乗りて明日香を訪ひき

峠にて最後に残る家を守り風呂焚きてゐし媼忘れず

奥明日香の栢森《かやのもり》また入谷《にふたに》に子どもの姿見ぬも久しき

奥明日香の過疎進む村切なくて吾が訪ひゐるを人知らざらむ

憲吉も茂吉も宿り歌を遺す薬屋旅館は店閉ぢて久し

馴れぬ猫

出来損ひの胡瓜など農を楽しむも許さぬ老いか九十に近し

虫食ひのキャベツも胡瓜歪めるも天のまにまに吾はいただく

種育て六十坪の道楽も長くはあるまい腰が抗ふ

世に何も尽くすことなきこの老いも空夕映ゆる梅雨明けを待つ

自転車を止めて憩ひぬ蟬の声身に沁むばかり秋篠の杜

暮れゆくと気づきしときに窓下にその気配なく猫の来てゐる

餌をもとめ夕べ夕べを来る猫の頑なに吾に馴るることなし

洗濯の店の値引きの日も覚え老いの暇も猫よりましか

じめじめせる心が抒情のもとなりと思ひきわれの若かりしころ

花殻の流れ寄り来る潮だまりたゆたひながら夕ぐれとなる

しなやかに蕊をかざせる百合の花見る折々に蝶の来るなし

ゆきづまる一つわづらひをもてあまし立ち上がり部屋の掃除はじめぬ

楠のそばに腰おろし休むとき蛍を見ずに年のかさなる

電灯の点きしは終戦の後にして幼くランプの火屋を磨きし

はらから六人集

新しき莫蓙の藺草の家こめてしるく匂ひきふるさとの盆

北支より生還せし夜わらべ唱寝床に歌ひし父のこころよ

一人にて一町歩の稲を支へたる父は戦ひに二度も駆られき

十九にて学年末試験を受くる席に父の危篤の電報受けき

父の齢の二倍を生きぬ父に似る自慢の声も老いて衰ふ

学寮より帰るわがため母は誰にも採らしめざりき桃もトマトも

徘徊の母の抱ふる包みには何がありしか常離さざりき

まれまれに帰省の吾を迎へし日九十の母の呆けの止まりき

老眼鏡三つ溜りたり三個目もすでに合ふなくレンズ重ぬる

自転車をやめよと言はるる齢まで吾が生きをるを父母知らず

卒寿喜寿あひだに三人を挟みたるはらから今に揃ふ幸せ

正続の『はらから六人集』の出版も惜し父母の亡き後にして

眠りを誘ふ

西に東に枕を移し夜半ひとり眠りを誘ふ空しかれども

胸の上に両手を置きてみづからの脈を数へて眠りを誘ふ

眠られず夜半過ぎゆけば寝たきりの日々の覚悟はわれには無理か

入院して眠剤をすべて病院に取りあげられき老いたる兄は

こほろぎの鳴く草むらを竹竿にて叩かしめたる土田耕平

眠られぬ四時のラジオはソ満国境より中学生らの逃避回想四十分

眠剤に頼りて居りし晩年の兄の耐へたる闇を偲びぬ

ふるさとの星座

はらからの五人それぞれ著書もつを父母知らず逝きしを悔やむ

父も母もなき山坂のふるさとにさやかなる星座見に帰りたし

一夏を越えしと油断するなかれ耐へ来し日々も衰ふる日々

冷水をわが総身に浴びせかけ朝暑き老いの心引き締む

網戸よりあかつき冷ゆる風を待つ葉影よ動け窓いちめんに

戻り来し夜の涼しさに子規論の新書版一冊読みおほせたり

秋蒔きを控へ行きつけの園芸店十日のバーゲン今日ぞ始まる

夏野菜つぎつぎ枯れて寂しきにツルムラサキの蔓のいきほふ

九月はじめなぜか馬酔木を夢に見き久々の清しき花の真白さ

九月来て吾のめぐりは空気澄み野牡丹の花日々に咲きつぐ

学生の日には無かりし駅の名をメモし高梁川に沿ひて帰省す

父母よ許させたまへ奉る花は里山荒れて絶えたり

偽装の掩蔽壕

地図になき軍の零戦滑走路跡その南端に今わが立てり

零戦の滑走路造りにこの奈良に学徒ら畚《もつこ》担ぎたる日よ

この大和護る要なりし軍飛行場残る防空壕も古墳に偽装す

戦争の遺しし掩蔽壕《えんぺい》の草の丘雨降るなかにひとり近づく

掩蔽壕は稲田の中に今に残り入口は暗き闇覗かしむ

墳丘に偽装せる軍の掩蔽壕あるいは崩されし古墳もあらむ

遠き世に額田王の呼びかけし三輪山は掩蔽壕のあはれ背景

掩蔽壕の入口近く無花果は紫に熟れ戦を知らず

万葉の引手の山の麓にて軍の穿ちしトンネルは何

平成三十年（二〇一八年）

わが一票

この面《つら》をニュースに見ずなる時を待つ吾老いてただ座視のみなれど

ましな世にあるいはと抱きし幻想もいつしか九十のあはれ耄碌

わが一票いかに生くるか往きも帰りも嵐の前の雨暗く降る

一冬を凌ぎし野牡丹ゆく秋を咲きつぐ二十を超ゆるむらさき

衰へはみづからが知る図書館に行くこともなくひと夏過ぎぬ

肉を摂りて身を養へと人言へど唐辛子の葉の佃煮われは

ビル街の道を過ぎ来てどこよりか木犀香り立ち止まりたり

秋篠の稲田黄に熟れふるさとの荒れ果てし田のまぼろしに立つ

虫歯

よき歯とて医師ほめしとき店の菓子買ふゆとりなき育ちを思ふ

治療台に口開けて仰向きになる無様思へば歯科に行くをためらふ

左右とも蝕める歯をいつとなく舌にて触るるを人の知るなし

友と語るその折々にその口の歯の衰へをひそかに窺ふ

食道に虫歯の大きかけら落ち吾よりも医師の狼狽へたりき

父を兄を兵に送りて農を支へし弟の義歯もわが負ひ目とす

夢を見る夜の稀なり老いゆけば夢見るこころさへも渇くか

つきかげに茗荷明るく黄に乱れわが八十九の歳も尽くるか

わが庭に先がけて黄葉する茗荷気温に敏き性のやさしさ

わが丈を超す野牡丹の花日々にとぼしくなりぬ秋も逝くのか

二十年われに薬を渡し来し白衣のをみな清らに老いぬ

五十年前の生徒らわが畑にゴム長履きて薩摩諸掘る

蠟梅にからまる芋の蔓の葉の黄に透きとほる一つ連なり

手すり

朝々を血圧測り告げあひて穏やかなる日々今のところは

持ち帰る生活の袋重しとて老い妻のため手すり工事す

妻のため石段に手すりを設へぬ今年師走のわが家の変化

われのみの役なれば妻の背に赤きヘルペスに夜々薬を塗りぬ

庭木々は清々とみな葉を落とし身軽になれと促すごとし

夜の明けの障子白むを待つ吾は雨戸を閉ざすことなく眠る

寝室は一間保てる和室にて月に障子の白き夜のあり

湯たんぽに身のあたたまりふと思ふ寝床を分かちし歳も忘れぬ

落葉詰めて大き袋に七つ八つ庭木も今は重荷となりぬ

話題本にこころ惹かれず今日買ふは朝日選書『読みなおす一冊』

いらいらと本探す習ひ断ち切らむ全集七種順を正して

水を好む野牡丹と聞きし言葉一つ『淡き靄』にて友の知りしか

四五本の屋久島芒に思ひ草添ひて咲きたる鉢をたまはる

妻の骨折

つつがなく共に八十を越えゆくに突然に妻は手の骨を折る

木曜は医院の休診なりその木曜に妻転倒して手の骨を折る

水に浸す切干し大根ほとびしを煮つつ匂ひに甦るもの

貝母萌えわが誕生の二月ぞとよろこぶ時に妻骨折す

腕に巻くギプスはガラス繊維とぞ妻の左手癒ゆるはいつか

俎板の仕事の出来ずなりし妻にふと思ふ吾らを待てる老残

朝の卓に厨に妻の姿なくわが家に絶えてものの音なし

故里より届きし乾燥ぜんまいを水に浸しぬわれの手料理

ギプスとはドイツ語なるか骨折の妻にかかはり知りしもあはれ

ほどほどの幸と言ふべしアカンサスの冬越す緑はガラス戸の外

乱れたる書斎を見つつ調べ事尽きざるゆゑと吾を慰む

老眼鏡に虫眼鏡重ねて読むことあり見られたくなき折々のわれ

しのび寄る老いを嘆かず今日の日の生きたる証歌にとどめむ

豪雪の覆ふ映像をぬくぬくと座視する老いのゆとりを許せ

雪の朝登校渋りたるわれに水浴びせたる若き日の父

二月わが生まれたる日と前後して萌ゆる貝母に逢ひし幸せ

勝木四郎君を悼む

北陸のアララギに尽しし七十年わが同年の君身罷りぬ

戦後アララギにいちはやく共に参加してああ遂に君も亡き数に入る

庭杉に芋の黄葉の透きとほり越の国にて友ひとり逝く

昭和三年ともにこの世に生まれたり君は三月吾は二月に

中学に進む稀なる時代にて君は七パーセントの中の一人ぞ

「柊」にいちはやく入りし十八の若き決意を我は尊ぶ

兄君を二人も戦に捧げしか吾らよりわづかに年上ゆゑに

兄君の戦死あり陸士の不合格ありて迎へしその後の平和

薬さへ乏しき戦後に君も吾もともに父親を逝かしめしなり

父君は俳句に君は歌に依り古きやまとの言葉磨きし
君の招きにわれも加はり君の編みしこの「柊」の一千号ぞ

癒えゆく妻

妻の腕に巻けるギプスの無機質の硬さにほのか体温伝ふ

三角巾より僅かに覗く妻の指意思に従ふことなく並ぶ

洗ひたる皿など灯りを反しゐて厨は意外に清きしづけさ

腕に巻く妻のギプスの円筒より半円筒になりて癒えゆく

厨事しばらく吾の受け持ちて味も定まる蕗の薹味噌

腕のギプス外され妻の久々に春の分葱を揃へて刻む

寒肥を施したれど紅梅の老い止め難しこの吾に似て

庭の木々の花を楽しみ秋の末の落ち葉に苦しむ愚か者われ

秋篠に久しく住めど春の野に蓬摘む媼見ることのなし

銅剣の谷

銅剣を発掘せし人に導かれ荒神谷に三度目を来し

プレハブ小屋の昂奮偲びぬ次々に銅剣三百五十八本出土せしとぞ

棚田荒れし谷の奥処の丘の上は銅鐸出土の加茂岩倉遺跡

農道を拓く工事に銅鐸の一つがころがり出でたりと聞く

重機の刃あと一振りを免れてこの銅鐸ら砕かれざりき

自転車の前輪あらたに取り換へぬ九十の身には最後となるか

すこやかに眠りに落ちし齢去り朝の目覚めも爽やかならず

枕にも良きものを選ぶ老いの身をあづける長き暗き夜のため

アマリリス一日見ぬ間に一尺の花茎太く唐突に立つ

切岸を覆ひて垂るる忍冬《すひかづら》花咲きたらば酒に浸さむ

少子化の進めど吾が住む秋篠の丘に次々新しき家

もの書きて久々に四時間眠るのみ三十代の若さもどりて

咲き急ぐ桜の花よ時ゆるく過ぐるを望む老いあるを知れ

ひとときに桜が散りて潜みゐし命あふれて大地のみどり

二人静はびこりやまず草に疎き妻はその名を知ることもなし

玉葱二百

廃校跡のフェンスに咲ける忍冬ここにバス降りき四十六年

四車線の道路の工事灯点滅し残る孟宗の藪を照らせり

をりをりに日記つくるを忘るるは忘るるほどの空白の日か

この母の子なるかと嘆きし日もあれど九十の齢をわれに伝ふる

実学を車内の壁に宣伝するこの大学に文学講じき

女性校長の君よき歌を詠みゐしが脳梗塞にてたちまちに臥す

桜散りし園にあふるる楠若葉樫の若葉にわが目の眩む

衣更へせし爽快さ老いの足歩幅大きく一歩踏み出だす

庭梅は若葉となりぬ衰へし枝を隠して庇ふもあはれ

苗の束手に持ちリズムよく植ゑし泥田の感触わが覚えゐる

木の陰に二人静の花穂白くこぞりて今年の梅雨の近づく

自転車も吾を扶けて老いの身を運び畑より玉葱運ぶ

老いの血のめぐり促す玉葱を今年も二百軒端に吊るす

雨の日を伊藤左千夫の好みたる心探りて未だつかめず

栗の木々皆花終り山陰線のみどり溢るる山の間をゆく

父の短命

軍の学校吾に望みし父なるに諦めて間なく国の敗れき

金繰りに苦しみし父わがためのクレヨンも半紙も上質なりき

寝たきりの父を初めて電灯の照らしぬ戦後の村の工事に

父の短命補はむに父に縁のなき短歌に縋りいたづらに老ゆ

アララギに入り父逝きし十九の年吾の転機となりしこの年

果樹植ゑよと亡き母言ひき花を見るゆとりなかりしその一生にて

高梁川の氾濫

光る瀬に少年の感傷を重ね来しわが高梁川の氾濫に遭ふ

ふるさとのわが備中の沃野呑み高梁川の夜に入る濁り

畳二枚をカーテン囲む避難室ここにともかく暮らす甥らか

西県境に起こる支流の氾濫し濁流は甥の二階ごと呑む

映像は黄なるラーメン食ふ甥の辛くも命保つを映す

カーテンの区切る数多《あまた》の避難室俯瞰の映像は白き一色

伯備線の駅の名十五少年の日より親しみ今に記憶す

わが姪がともに避難をさそひしに断りし老いは泥に呑まれぬ

（真備町）

ふるさとの高梁川の思ひ出も泥に覆はれ異郷に老いぬ

溜まる眼鏡

本読むにぼやける眼鏡四つ溜まり目の亡骸と思ひて捨てず

妻は補聴器われは老眼鏡離し得ずそれでも長寿称へられゐる

皿のもの必ず残る老いの食隠すすべなし皿は灯の下

碗に残る飯に茶をかけ食ふ音のすがすがとしてひとり侘しむ

睡眠薬の広告みれば衝動的にとびつくわれの眠りの足らず

睡眠の足らざるわれの昼の間もとりとめのなし時間空費す

数値にて愚かに喜憂くりかへし老の朝々血圧記す

両の手に如雨露を下げて勤しみし腰は音《ね》をあぐ九十の腰は

秋篠の道に懐かしき柿の木のいつまでもあれ青実ころがる

菜園は草荒れて種をかざせども老いの命をしばし休めむ

両の手に如雨露運ぶはもう無理とトマトに託つ夕べの畑に

一人住む難聴の弟に電話かけ受話器取る音に吾は安らぐ

ふるさとの天然水

ダムに沈む丹生川上社の遷座まへ掘りし秋海棠のつつましく咲く

半世紀紛糾つづきし大滝ダムわが秋海棠のふるさとにして

平成九年アララギ潰え秋海棠はその秋迎へて庭に咲きつぐ

いちはやく韮の花咲く草むらに抜きいでて白くすがすがと咲く

喘ぎつつしのぎし暑さ忘れよと大根の双葉の列みづみづし

草の実の落つる前にて草を取るその気力体力いつまであらむ

皿のもの必ず残るわが夕餉かかる九十も予想せざりき

仕事無き時間は忙しき患者にて待ち待つ診察会計に薬

エレベーター使はず階を上り下り戻る体力をひそかに測る

処方されしセルベックスは頓服薬用なきを老いの幸と思はむ

バップフォーは頻尿の薬フェロミアは貧血の薬ああ九十か

入院の外出に帰れば本庶先生のノーベル賞の画像の迫る

薬剤の副作用にて喉渇きふるさとの天然水ひたすら恋し

跋　小谷稔――現役歌人としての生涯

雁部貞夫

○ はじめに

この歌集『大和くにはら』は『黙坐』（平成二十八年刊）につづく小谷稔氏の第六歌集である。小谷氏は平成三十年十月十八日に亡くなったが、本歌集を「遺歌集」とせず敢えて最終歌集と銘打ったのは次のような経過がある。

頭初、この歌集は「遺歌集」として編集、出版する案があったが、私は常々この著者自身から「生涯現役」を目指している意向を聞いており、その心を尊重して、通常多く見られる箱入りの重々しい遺歌集とせず、ごく当たり前の歌集を上梓することが、何よりも著者の意に添うことになるのではないかと考えて、ここに最終歌集として、世に送り出すことになった次第である。

本歌集の中でも、小谷氏は「生涯現役」の歌人として在りつづけることを願い、次のような歌を詠んでいる。

好きな歌のためとは言へどあこがれて吾の目指さむ生涯現役

（平成二十九年）

右の作品でも明らかなように、「生涯現役」は小谷氏の晩年に至るまでの生き甲斐であり、憧れでもあったのだ。その思いを私どもは心に深く刻んで本書を編集した。

私たちの胸中には、小谷氏の活きいきとした表情や言葉が、昨日接した如く今なお生き続けているのである。

次に本書で歌われている作品をいくつかのテーマに分けて簡明に紹介してみたい。

○ 教師としての歌

小谷氏は生涯を教師として過した歌人である。アララギでは戦前から現在に至る迄、教師を職業として生涯を過した歌よみが非常に多い。私などもその一人であるが。小谷氏もその教師としてのキャリアを偲ばせる作品が、折々この歌集にも登場する。数首引く。

(1) 十五歳の生徒の君と六十年へだてし再会歌につながる

⑵ 出生の傷みに悩み遣りどなき心のゆゑか歌にすがるは
（「十五歳の生徒」より、平28）

⑶ 制帽を被らず遅刻多かりしかくまでなぜに君抗ひし

⑷ 職業も「先生」と言はれ歌の会も「先生」と言はれああ先生か
（「古りし筆」より、平28）

右のうち⑴⑵⑶の歌は、中学校の教師時代の生徒と六十年ぶりで奈良の街で再会した折の連作。六十年ぶりの再会を機に、二人はそれ以来、歌の世界でも師弟として励むようになる。小谷氏は、小、中、高、大学での長い教師生活のキャリアを積み、それぞれの段階で多くの短歌作者を育成された。その人々は現在でも、それぞれの地域で作歌活動の中心メンバーとして活動している例が多い。

⑷は、何処へ行っても、先生先生と呼ばれることに対して、やや嫌悪を感じたことを表明した作品であるが、これは特に選者として歌会に出なければならぬ者の共通した心理でもある。柴生田稔先生は、アララギ初期の有力歌人で唯一人、先生と呼ばれなかった長塚節がうらやましいと詠んだが、同じ趣旨の歌を宮地伸

一氏も私も作った。

○　菜園を楽しむ

前歌集『黙坐』でも菜園作りの作は多かったが、本歌集でもこのテーマの歌は実に多い。

備中の山家育ちの少年は、十代にして家郷を離れ、各地で勉学に励み、後には奈良で教師人生の大半を送ることになる。そして、年を追って、農の出であった少年の頃へ回帰する思いも強まり、本書に見られる、本格的とも言える野菜作りにいそしむに至る。

その根底には、過疎となりゆく、備中新見地方の山村で、父母兄弟との貧しいながら親和に満ちた生活を過ごしたことへの郷愁がある。

⑸　自転車にて畑に通ふも四十年か六十坪を離れずわれ八十九

（「畑の友病む」より、平29）

⑹　車をやめ足なへぐ友はジャガイモを植うるなく春に菜園やめぬ

(7) 菜園をやめたる友の残したる緑のネットに豌豆囲ふ
(8) 菜園の友も来ずなり杖に頼り磐之媛陵まで日々歩むとぞ

(5)の如く作者の菜園の規模（六十坪というから本格的である）も歌われ、老病の友人、畑仲間も農作を断念したことを惜しみ、残された者の哀感のにじむ連作となった。集中には、収穫期などの喜びを詠んだ作も多いが、右の一連を紹介するにとどめる。

○ 万葉の故地を詠む

奈良在住半世紀に及ぶ小谷氏の万葉の故地探訪の作は数多あるが、ここでは、異色の作例をとり上げてみたい。

(9) 月冴ゆる冬のある夜思ひ立ち電車に乗りて明日香を訪ひき

（「薬屋旅館」より、平29）

(10) 奥明日香の栢森《かやのもり》また入谷《にふたに》に子どもの姿見ぬも久しき

⑾ 憲吉も茂吉も宿り歌を遺す薬屋旅館は店閉ぢて久し

ここで歌われている薬屋旅館は、戦前のアララギの有力会員の明日香探訪の根拠地となった宿である。アララギの近代歌人の足跡を知る上で重要な場所なのである。

⑾の作に登場して来る茂吉、憲吉のアララギ・コンビが同行して明日香の薬屋旅館に泊ったのは、昭和五年八月十日のことで、アララギの年中行事、安居会《あんごかい》（高野山）へ行った帰りのことで、もう一人の友人、森山汀川を伴っていた。憲吉はこの時、「坂田」の里に旧制鹿児島高校での親友、高崎義行の墓に詣でて歌を詠んでいる。この年の安居会は五日間続いたというのだから驚きだ。今ならどう頑張っても三日で音を上げるであろう。

右の三人が、のびのびと懐古の一夜を過した時の歌が、この旅館（今は廃業）に残されている。各一首引く。

⑿ ゆふまぐれ久米を過ぎていにしへのゆききのをかに一夜寝にけり　茂吉

⒀ 山をもてしづかにかくむ高市村《たけちむら》いにしへ人は住みつきにけり　憲吉

⒁ 雲かくり照らせる月に蘇我の子が有りけむ島を吾は見に来し　汀川

なお、この時の薬屋の住所は「高市郡明日香村岡寺鳥居前薬屋」で、その時の当主は島田源太郎氏。薬屋と言えば、明日香は昔から、薬屋（製造所）の多い所で、かの「万金丹」もこの村で造られていた。

右のことがらは、小谷氏が晩年に出版した新書判の著書『明日香に来た歌人』（平成二十九年）にも記されているので、ぜひ参照してもらいたい。

私の文章はどんどん主題から離れて、道草することが多いので、この辺で終えようと思う。小谷氏については、もう一つ「闘病」について記すべきだが、その折々に、例えば本書の始めの方に「声帯」の連作がある如く、それ以後も非常に多い。それらについては本書をひもとかれる読者諸氏に、ぜひ辿っていただきたい。

小谷氏が主唱して立ち上げた「明日香特別歌会」は毎年、十月末から十一月初めにかけて開かれる。平成三十年十月に小谷氏は亡くなったのであるが、そのしばらく前に明日香歌会に出席すべく、病院で体力を温存しているという趣旨の三枚つづきの葉書をもらった。「生涯現役」を目指した小谷氏の生きようとする意欲と、短歌にかける情熱がまざまざと伝わって来る思いがした。

本書を何度か読み、小谷氏は「アララギ」最後の大きな歌人であり、写実の大道を「ぶれ」ることなく、生涯歩み通した歌よみであることを改めて思った。本書所収の最終作品は、その生涯を象徴する歌と考え、ここに紹介してペンを置きたい。

薬剤の副作用にて喉渇きふるさとの天然水ひたすら恋し

二〇一九年十月二十五日　記す

あとがき

　これは小谷稔の独立した歌集としては『黙坐』に続く六番目のもので、主に平成二十八年から三十年に、「新アララギ」を中心に総合誌紙の「現代短歌」「現代短歌新聞」「歌壇」「毎日新聞やまと歌壇（選者詠）」、また正続の『はらから六人集』などに発表されたものから四百六十七首を収めました。刊行にあたり、「新アララギ」の雁部貞夫代表のご高閲と懇切なる跋を賜り、感謝にたえません。また編集にあたり、小松昶氏には全面的にご助力をいただき、横山季由、松林陽子両氏にもお世話になりました。誠にありがとうございました。

　小谷は九十年の生涯でしたが、土屋文明先生、アララギ一筋に生きました。本人は百歳まで生きる計画でしたし、まだまだしたいことがあったと思いますが、人としては充分な仕事をやり遂げ、人々からも慕われ愛されてきた素晴らしい一生であったと思います。小谷は日本の古くから続く素晴らしい文学である短歌が、若い方々に受け継がれてゆくことをいつも念じておりました。この歌集を読んで一人でも多くの方が短歌に興味を持ってくださったらと思います。

出版を快く引き受けて下さいました青磁社の永田淳様に心よりお礼申し上げます。

小谷　宏子

二〇一九年十月

小谷稔略年譜

昭和三年（一九二八）　0歳
二月十三日、現在の岡山県新見市上熊谷の山村の農家に生まれる。

昭和十九年（一九四四）　16歳
岡山師範学校在学中、学徒動員にて玉野造船所で終戦まで働く。

昭和二十一年（一九四六）　18歳
岡山師範学校在学中に「アララギ」入会。

昭和二十二年（一九四七）　19歳
三月、父新逝去（四十六歳）。土屋文明を迎えた岡山歌会に出席、文明に魅了された。この年から文明選歌に投稿。

昭和二十三年（一九四八）　20歳
岡山師範学校本科卒業。新見中学校教諭として赴任。

昭和三十一年（一九五六）　28歳
新見中学校退職。土屋文明の指導を受けるため上京。発行所（五味保義宅）の面会日に出席、各選者の指導を直接受ける。東京教育大学文学部（国語国文学専攻）編入学。

昭和三十三年（一九五八）　30歳
東京教育大学卒業。大阪府立四條畷高校教諭として赴任。

昭和三十五年（一九六〇）　32歳
山根宏子と結婚。

昭和三十七年（一九六二）　34歳
長男将弘出生。

昭和四十年（一九六五）　37歳
奈良女子大学文学部附属高等学校に転任。長女恭子出生。

昭和四十六年（一九七一）　43歳
国立奈良工業専門学校に転任。

昭和四十七年（一九七二）　44歳
奈良市秋篠町に転任。上村孫作の指導を受ける。

昭和五十七年（一九八二）　54歳
第一歌集『秋篠』を椎の木書房より刊行。

昭和六十一年（一九八六）　58歳
ＮＨＫ学園短歌講座講師となる。現代歌人協会会員となる。

平成二年（一九九〇）　62歳
第二歌集『朝浄め』を近代文藝社より刊行。

平成三年（一九九一）　63歳
論集『土屋文明短歌の展開』を短歌新聞社より刊行。奈良工業高等専門学校を定年退職、同校の名誉教授。奈良産業大学教授として勤務する。帝塚山短期大学非常勤講師として勤務する。「アララギ」の選者となる。京都府綾部市の市民短歌大会の選者、講師となる。

平成四年（一九九二）　64歳
二月、母久代死去（九十二歳）。

平成八年（一九九六）　68歳
第三歌集『大和恋』を短歌新聞社より刊行。生駒市「万葉マナビの会」の講師となる。

平成九年（一九九七）　69歳
「アララギ」終刊。新名称を「あらかし」として継続すべく構想し尽力するも挫折。その心労もあって狭心症のため一週間入院。

平成十年（一九九八）　70歳
「新アララギ」創刊。選者、編集委員となる。奈良産業大学退職、同大学名誉教授。同大学非常勤講師として勤務する。

平成十一年（一九九九）　71歳
北陸アララギ会「柊」の選者となる。論集『アララギ歌人論』を短歌新聞社より刊行。

平成十二年（二〇〇〇）　72歳
橿原市まほろば大学校講師となる。

平成十三年（二〇〇一）　73歳
法曹会の雑誌「法曹」の短歌選者となる。

平成十七年（二〇〇五）　77歳
写真入り歌集『ふるさと』を美研インターナショナルより刊行。

平成十八年（二〇〇六）　78歳
歌集『牛の子』を「新現代歌人叢書」の一巻

として短歌新聞社より刊行。

平成十九年（二〇〇七）　79歳

叙勲瑞宝小綬章を受ける。

平成二十一年（二〇〇九）　81歳

毎日新聞「やまと歌壇」の選者ならびに毎日短歌教室の講師となる。「新アララギ」の明日香特別歌会を開催（以降ほぼ毎年継続）。

平成二十二年（二〇一〇）　82歳

第四歌集『再誕』を短歌新聞社より刊行。介護十人集『いのち支へて』を新アララギ発行所編としてとりまとめ短歌新聞社より刊行。

平成二十五年（二〇一三）　85歳

現代短歌社の「第一歌集文庫」の一巻として『秋篠』を文庫化し刊行。七月、胸部大動脈瘤手術。九月、声帯、甲状軟骨形成術。

平成二十八年（二〇一六）　88歳

第五歌集『黙坐』を現代短歌社より刊行。

平成二十九年（二〇一七）　89歳

論集『明日香に来た歌人』を文芸社より刊行。

平成三十年（二〇一八）　90歳

九月、体調不良により天理よろづ相談所病院に入院。退院するも十月十七日救急車にて同病院に再入院。翌十八日午前〇時五十一分、多発性骨髄腫のため逝去。戒名は開心院崇文豊稔居士。

歌集　大和くにはら

初版発行日　二〇一九年十二月二十一日
著　者　小谷　稔
編　者　小谷宏子
奈良市秋篠町一一七〇－二四（〒六三一－〇八一一）
定　価　二〇〇〇円
発行者　永田　淳
発行所　青磁社
京都市北区上賀茂豊田町四〇－一（〒六〇三－八〇四五）
電話　〇七五－七〇五－二八三八
振替　〇〇九四〇－二－一二四二二四
http://www3.osk.3web.ne.jp/~seijisya/
装　幀　加藤恒彦
印刷・製本　創栄図書印刷

ISBN978-4-86198-451-8 C0092 ¥2000E